U0009867

獻給史考特 ——D. Y.

Thinking086

反抗大眼睛 小市民大行動
CITY UNDER THE CITY

文・圖｜丹・雅卡理諾 Dan Yaccarino　　譯｜藍依勤

字畝文化創意有限公司
社長兼總編輯｜馮季眉
責任編輯｜戴鈺娟　主編｜許雅筑、鄭倖伃
編輯｜陳心方、李培如　美術設計｜蕭雅慧

出版｜字畝文化／遠足文化事業股份有限公司
發行｜遠足文化事業股份有限公司（讀書共和國出版集團）
地址｜231 新北市新店區民權路108-2號9樓
電話｜(02) 2218-1417
傳真｜(02) 8667-1065
電子信箱｜service@bookrep.com.tw
網路書店｜www.bookrep.com.tw
團體訂購請洽業務部 (02) 2218-1417　分機1124

法律顧問｜華洋法律事務所　蘇文生律師
印製｜通南彩色印刷股份有限公司

2023年12月　初版一刷
定價｜380元
書號｜XBTH0086
ISBN｜978-626-7365-40-3

特別聲明：有關本書中的言論內容，不代表本公司／
　　　　　出版集團之立場與意見，文責由作者自行承擔。

City Under the City by Dan Yaccarino.
Text and illustrations copyright © 2022 by Dan Yaccarino.
Published by arrangement with mineditionUS, an imprint of Astra Books for
Young Readers, a division of Astra Publishing House, New York, USA.
Reprinted by permission.
Complex Chinese translation rights © 2023, WordField Publishing Ltd., a division
of WALKERS CULTURAL ENTERPRISE LTD.

國家圖書館出版品預行編目(CIP)資料

反抗大眼睛：小市民大行動 / 丹. 雅卡理諾(Dan Yaccarino)
文.圖；藍依勤譯. -- 初版. -- 新北市：字畝文化出版：遠足文化
事業股份有限公司發行, 2023.12
　76　面；17.8 × 22.9　公分.
譯自：City Under the city
ISBN 978-626-7365-40-3(精裝)

874.599　　　　　　　　　　　　　112020265

CITY UNDER THE CITY

反抗大眼睛

小市民大行動

文‧圖／**丹‧雅卡理諾** Dan Yaccarino
譯／**藍依勤**

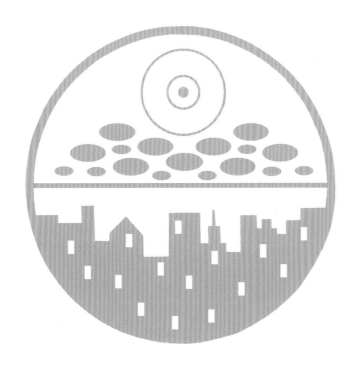

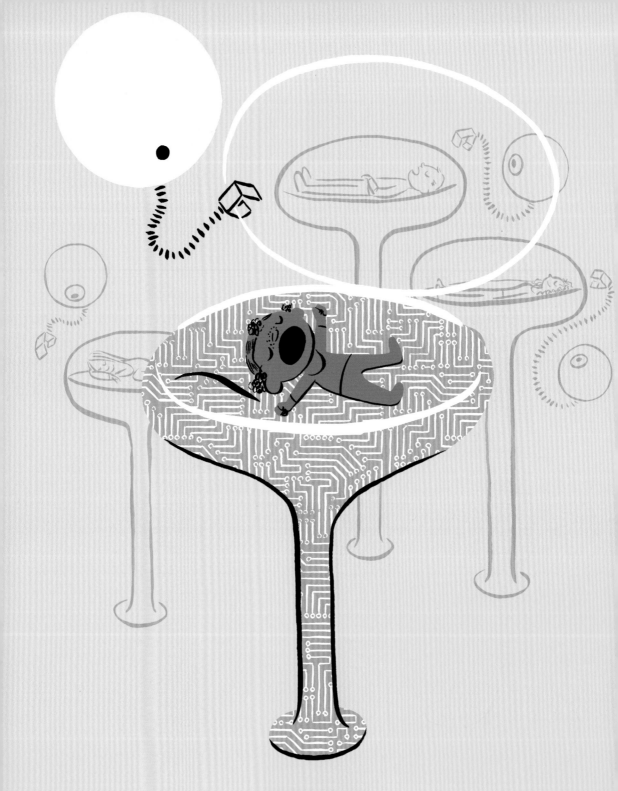

這是碧克絲。

她和家人住在一座凡事都有大眼睛幫忙的大眼城。

但是碧克絲討厭什麼事都有人幫忙。
她喜歡自己來。

她的家人不太能理解。

但他們還是讓碧克絲
自己做決定。

碧克絲也喜歡玩耍。

但是沒有人要和她一起玩，
就連姊姊泰芙也不跟她玩。

碧克絲偶爾會覺得很寂寞。

在學校，碧克絲和其他同學在螢幕上練習閱讀。他們從來都
沒有機會自己選擇閱讀的內容，一切全由大眼睛決定。

上學的時光漫長到，
彷彿永遠不會結束。

我猜
我不太喜歡
閱讀。

大眼睛不僅僅提供人們幫助，它們也在監視。

離我遠一點！

但是，它們為什麼要監視呢？

它們想要做什麼？

碧克絲試著擺脫那些盯著她的大眼睛。

突然，碧克絲聽到了她從未
聽過的聲音。

那東西可愛極了！

於是，她決定跟著它走。

碧克絲掉進了一個陌生的地方。

哎呀！

碧克絲發現了一座地下城市！

他們一路往下⋯⋯

往下……

往下……

再往下，

直到……

接著，她跟著那個可愛的小東西，
來到一個很有趣的地方。

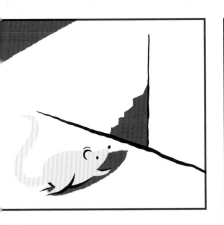

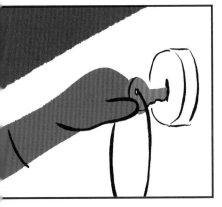

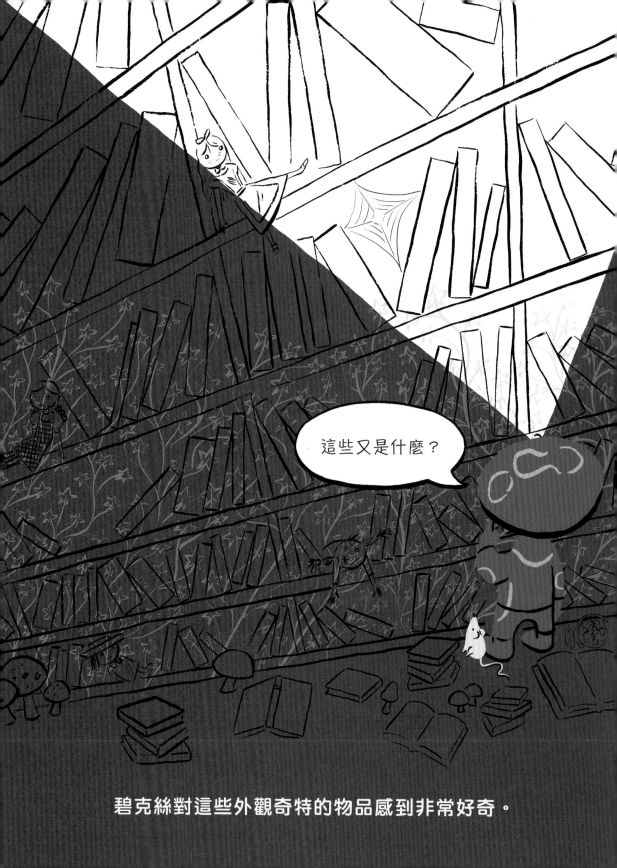

碧克絲對這些外觀奇特的物品感到非常好奇。

吱吱！

老鼠？

老鼠！

謝謝你告訴我
你的名字，小老鼠。

碧克絲漸漸明白，她讀的東西叫做書，
而這個地方叫做圖書館。

現在，她對閱讀產生了興趣。這裡有各式各樣的選擇。
碧克絲從她找到的書裡，認識了什麼是藝術和動物……

以及友誼。

隔天，碧克絲認識了音樂！
那是她聽過最美妙的聲音。

她在城市中漫步，

偶爾停下來觀察。

飢腸轆轆的時候，她找到了一個
有滿滿食物的地方。

這裡一定是從前人們常常一起用餐的地方。

碧克絲和小老鼠有時會休息片刻。

這裡有太多值得探索的事物了！

像是很久很久以前的事情。

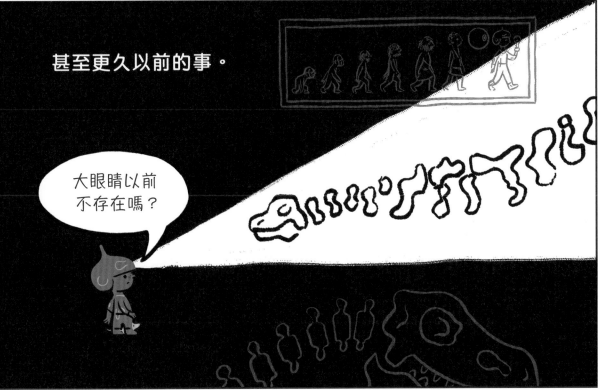

甚至更久以前的事。

大眼睛以前
不存在嗎？

但這裡的人都到哪裡去了？
曾經在地下城市生活的人們呢？

每天晚上，碧克絲和小老鼠都會回到圖書館休息。

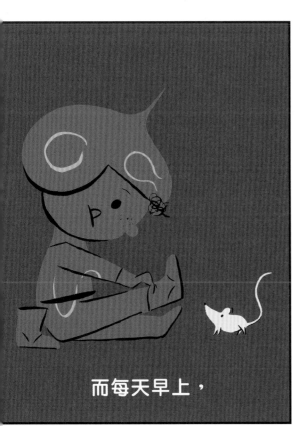

而每天早上，

碧克絲會打理好自己，

全都獨自完成，

不需要大眼睛幫忙。

就這樣，
好幾天過去了。

有些事情碧克絲還不太懂，

小老鼠，
我覺得有些人
也不太喜歡
那些
大眼睛。

有些則讓她思考許久。

但有件事她很肯定，
她想念她的家人了。

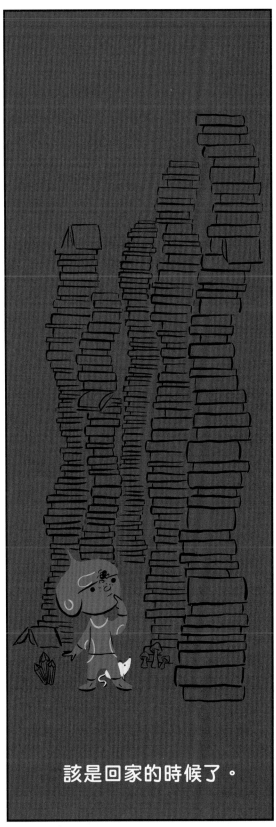

該是回家的時候了。

往上……

碧克絲和小老鼠往上走……

或許她的家人

也會

愛上這些書？

碧克絲回來了。

碧克絲!

就連姊姊也很高興見到她!

這真是有史以來最棒的擁抱。

你看！

碧克絲有太多想要
分享的事。

嘿，走開！

這讓大眼睛很不滿。

放她下來！

其中一隻大眼睛把
姊姊泰芙抓走了！

他們該如何拯救泰芙？

首先，碧克絲需要向城市裡的其他人
展示她從書裡學到的知識。

人們偷偷的第一次閱讀了書籍。

他們閱讀的內容，
一點一滴改變了他們。

他們渴望知道更多。

還要更多。

再更多！

碧克絲有個計畫。

吱吱！

碧克絲再也不孤單了！
她向所有人說明了她的計畫。

他們第一次如此團結，
並肩合作。

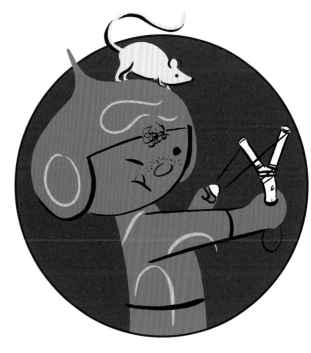

這是唯一能救出泰芙的方法。

該是還以顏色的時候了！

碧克絲心想，那些曾經生活在地下城市的人，一定會為大眼城的市民從他們那裡學到的事，感到自豪。

他們做的武器真的大大有用！

泰芙得救了！

碧克絲和家人再次團聚……

……應該說這是第一次，他們真正的相聚在一起。

現在，碧克絲只有一個問題想問。

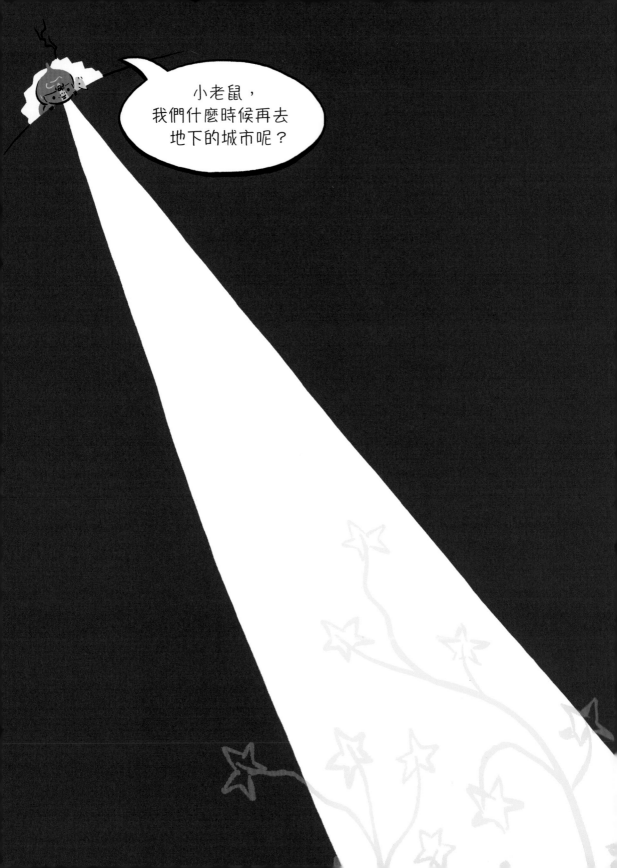